Nota para los padres y encargados:

Los libros de *Read-it!* Readers son para niños que se inician en el maravilloso camino de la lectura. Estos hermosos libros fomentan la adquisición de destrezas de lectura y el amor a los libros.

El NIVEL MORADO presenta temas y objetos básicos con palabras de alta frecuencia y patrones de lenguaje sencillos.

El NIVEL ROJO presenta temas conocidos con palabras comunes y oraciones de patrones repetitivos.

El NIVEL AZUL presenta nuevas ideas con un vocabulario más amplio y una estructura gramatical más variada.

El NIVEL AMARILLO presenta ideas más elevadas, un vocabulario extenso y una amplia variedad en la estructura de las oraciones.

El NIVEL VERDE presenta ideas más complejas, un vocabulario más variado y estructuras del lenguaje más extensas.

El NIVEL ANARANJADO presenta una amplia de ideas y conceptos con vocabulario más elevado y estructuras gramaticales complejas.

Al leerle un libro a su pequeño, hágalo con calma y pause a menudo para hablar acerca de las ilustraciones. Pídale que pase las páginas y que señale los dibujos y las palabras conocidas. No olvide volverle a leer los cuentos o las partes de los cuentos que más le gusten.

No hay una forma correcta o incorrecta de compartir un libro con los niños. Saque el tiempo para leer con su niña o niño y transmítale así el legado de la lectura.

Adria F. Klein, Ph.D.
Profesora emérita, California State University
San Bernardino, California

Redacción: Jill Kalz
Diseño: Amy Muehlenhardt
Composición: Lori Bye
Dirección artística: Nathan Gassman
Subdirección ejecutiva: Christianne Jones
Las ilustraciones de este libro se crearon con acuarela y lápiz.
Traducción y composición: Spanish Educational Publishing, Ltd.
Coordinación de la edición en español: Jennifer Gillis/Haw River Editorial

Picture Window Books
5115 Excelsior Boulevard
Suite 232
Minneapolis, MN 55416
877-845-8392
www.picturewindowbooks.com

Impreso en los Estados Unidos de América.

Todos los libros de Picture Windows se elaboran con papel que contiene por lo menos 10% de residuo post-consumidor.

Library of Congress Cataloging-in-Publication Data
Klein, Adria F. (Adria Fay), 1947-
[Max goes to a cookout. Spanish]
Max come al aire libre (Max goes to a cookout) / por Adria F. Klein ;
ilustrado por Mernie Gallagher Cole ; traducción, Sol Robledo.
p. cm. — (Read-it! readers en español)
Summary: Max has a wonderful time when he accepts his friend Zoe's invitation to join her and her grandparents for dinner.
ISBN-13: 978-1-4048-3795-9 (library binding)
ISBN-10: 1-4048-3795-7 (library binding)
[1. Friendship—Fiction. 2. Picnicking—Fiction. 3. Grandparents—Fiction. 4. Hispanic Americans—Fiction. 5. Spanish language materials.] I. Gallagher-Cole, Mernie, ill. II. Robledo, Sol. III. Title.
PZ73.K5439 2007
[E]—dc22 2007006157

Max come al aire libre

por Adria F. Klein

ilustrado por Mernie Gallagher-Cole

Traducción: Sol Robledo

Con agradecimientos especiales a nuestras asesoras:

Adria F. Klein, Ph.D.
Profesora emérita, California State University
San Bernardino, California

Susan Kesselring, M.A.
Alfabetizadora
Rosemount-Apple Valley-Eagan (Minnesota) School District

Max y Zoe son buenos amigos.

Zoe invita a Max a cenar a su casa.

Max va a la casa de Zoe.

Zoe vive con sus abuelos.

Max y Zoe juegan a las damas chinas.

Max gana el primer juego.
Zoe gana el segundo.

Es hora de la cena. La abuelita de Zoe les dice que se laven las manos.

Max, Zoe y los abuelos de Zoe hacen un picnic en el patio.

El abuelito de Zoe cocina perros calientes.

Zoe le pone mostaza a su perro caliente.

Max le pone pepinillo al suyo.

Todos comen sandía y escupen las semillas.

Max y Zoe ayudan a hacer helado de fresa para el postre.

Max invita a Zoe a cenar a su departamento la próxima semana. Max y Zoe son buenos amigos.

Más *Read-it!* Readers

Con ilustraciones vívidas y cuentos divertidos da gusto practicar la lectura. Busca más libros a tu nivel.

Max va a la biblioteca
Max va a la escuela
Max va a la peluquería
Max va al dentista
Max va de compras
Max va en el autobús

Max aprende la lengua de señas
Max celebra el Año Nuevo chino
Max se queda a dormir
Max va de paseo
Max y la fiesta de adopción

En la red

FactHound ofrece un medio divertido y confiable de buscar portales de la red relacionados con este libro. Nuestros expertos investigan todos los portales que listamos en FactHound.

1. Visite *www.facthound.com*
2. Escriba este código: 1404831460
3. Oprima el botón FETCH IT.

¡FactHound, su buscador de confianza, le dará una lista de los mejores portales!

www.picturewindowbooks.com